La saltinadora gigante

Para Josephine Julia – J. D.

Para Lily – H. O.

Título original: The Giant Jumperee
© del texto: Julia Donaldson, 2017
© de las ilustraciones: Helen Oxenbury, 2017
Todos los derechos reservados

Publicado con el acuerdo de Puffin Books, un sello de Penguin Random House LLC

© de la traducción española:
EDITORIAL JUVENTUD, S.A.,
Provença, 101 - 08029 Barcelona
info@editorialjuventud.es
www.editorialjuventud.es

Traducción: Bel Olid

Primera edición, 2017
ISBN 978-84-261-4413-3
DL B 23543-2016
Núm. de edición de E. J.: 13.379

Printed in China

La saltinadora gigante

escrito por
JULIA DONALDSON

ilustrado por
HELEN OXENBURY

traducido por
BEL OLID

Editorial EJ Juventud

Un día el conejo iba hacia su casa cuando oyó una voz muy fuerte que salía de su madriguera.

–¡Soy la
SALTINADORA
GIGANTE
y doy un miedo
impresionante!

–¡Socorro, socorro! –gritó el conejo.

–¿Qué te pasa? –le preguntó el gato.

–¡Hay una saltinadora gigante en mi madriguera!
–respondió el conejo.

–No pasa nada –dijo el gato–, ¡yo me acerco
sigilosamente y me lanzo sobre ella!

El gato se acercó a la madriguera sigilosamente.

Pero cuando estaba por entrar,
oyó una voz muy fuerte.

–¡Soy la
SALTINADORA
GIGANTE
y te aplastaré
en un instante!

–¡Socorro, socorro! –maulló el gato.

–¿Qué te pasa? –le preguntó el oso.

–¡Hay una saltinadora gigante
en la madriguera del conejo! –respondió el gato.

–No pasa nada –dijo el oso–, ¡yo meto mi zarpa
peluda y la dejo fuera de combate!

El oso se acercó a la madriguera dándose aires
de importancia, pero no había ni metido
la zarpa cuando oyó una voz muy fuerte.

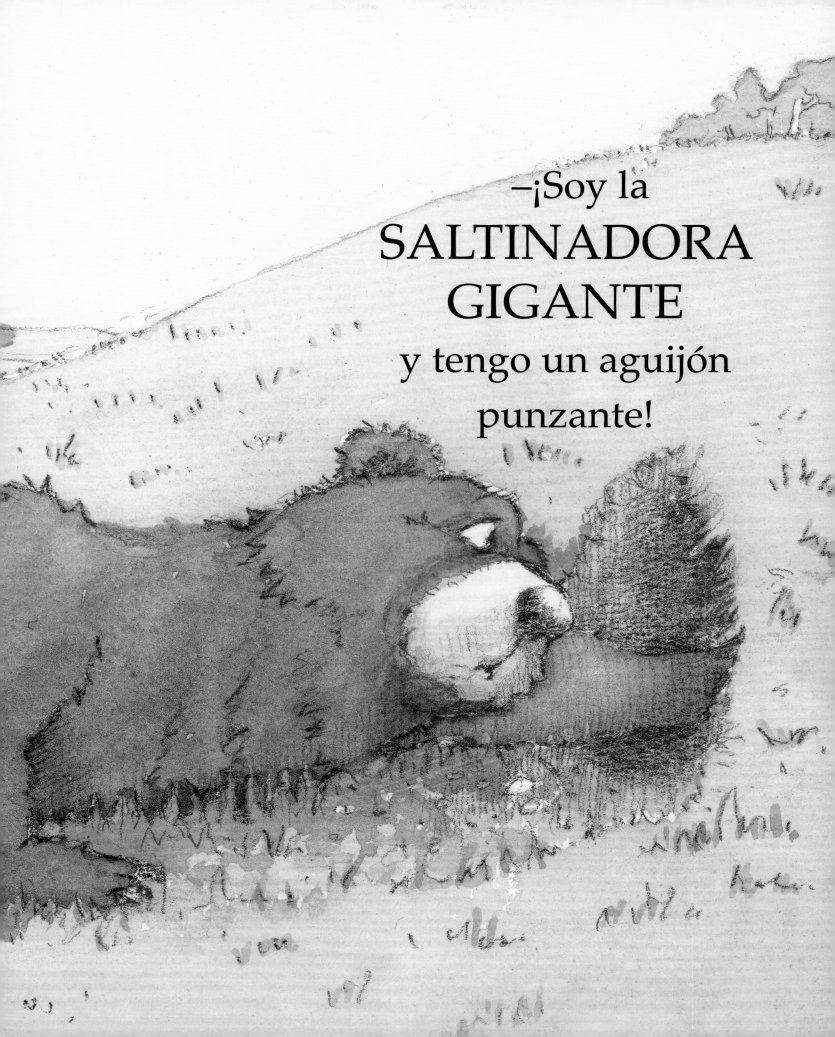

–¡Soy la
SALTINADORA
GIGANTE
y tengo un aguijón
punzante!

–¡Socorro, socorro! –rugió el oso.

–¿Qué te pasa? –le preguntó el elefante.

–¡Hay una saltinadora gigante
en la madriguera del conejo! –respondió el oso.

–No pasa nada –dijo el elefante–,
¡yo la agarro con la trompa y la saco!

El elefante se acercó a la madriguera con pasos pesados. Pero nada más meter la trompa gris y larga oyó una voz muy fuerte.

–¡Soy la
SALTINADORA
GIGANTE
alta como un árbol,
elefante!

–¡Socorro, socorro! –bramó el elefante.

–¿Qué te pasa? –le preguntó mamá rana.

–¡Hay una saltinadora gigante en la madriguera
del conejo! –respondió el elefante.

–No pasa nada –dijo mamá rana–,
¡yo le diré que salga!

—¡No, no, no lo hagas! –le advirtieron los demás animales.

—¡Da un miedo impresionante!
–dijo el conejo.

—¡Y te puede aplastar en un
instante! –dijo el gato.

–¡Y tiene un aguijón punzante! –dijo el oso.

–¡Y es alta como un árbol! –dijo el elefante.

Pero mamá rana
no les hizo ni caso.

Se acercó a la madriguera saltando.

Los demás animales dieron un paso atrás.

Pero mamá rana no tenía miedo.

–¡Sal ahora mismo,

SALTINADORA GIGANTE!
–dijo–. ¡Contaré hasta tres
y saltarás
hacia adelante!

¡Uno . . .

dos . . .

TRES!

Y salió de un salto . . .

. . . ¡la ranita!

–¡Hola, mamá! ¡Soy la
SALTINADORA
GIGANTE!

–¡Anda para casa, comediante!
–dijo mamá rana.